KB203480

To

TO

_____

_____

_____

_____

_____

_____

_____

_____

인

바른북스

왜곡되지 않는 것들 중에서
내가 할 수 있는 거라곤
글쓰기와
너를 사랑하는 것뿐.

사랑의 대가인 너를
내 글에 억지로 끼워 맞춰.

목차

To.

_____

좁고 허름한 포차에서

싸구려 안주 하나와 소주를 시키고서 애써 머쓱한 웃음을
지으니,

너는 비싼 보드카, 와인이 무슨 소용이냐며 해맑게 웃어대.

무슨 말이라도 하고 싶지만,

너를 온전한 나의 것으로 만들고 싶단 욕구가 나를 집어삼
켜서 입이 떨어지지 않아.

호감은 너를 처음 본 순간 생겼고,

애정은 너의 목소리를 처음 들은 순간 느껴졌고,

사랑은 이미 진작에 피었어.

분명 밖에는 눈이 내릴 정도의 한파가 몰아쳐서는

안주로 나온 어묵탕마저 다 식어버렸는데,

너의 손을 잡고 싶어서 테이블 위에 놓인 소주잔만 괜히
매만지는

내 손만은 마치 여름날 장마철이야.

나의 심장을 쥐어짜는 소유욕이 절로 분위기를 만들어.
어디선가 재즈가 흘러나오는 것 같은데….
소주의 효능은 착각인 건지,
너도 나를 마음에 두고 있는 것만 같아.
너가 눈을 거슴츠레 뜨니, 나는 더한 착각에 빠지게 돼.

착각의 늪에 빠지지 않기 위해 발버둥을 치다가
닿아버린 너의 발끝과 나의 발끝.
그 속에 심취한 나와 취한 너.

2017년 1월 27일

오늘도 어김없이 밤은 너를 데리고 찾아왔고, 나는 또 소설가가 되어버려.

창문 사이로 희미하게 들어오는 가로등 불빛이 건네주는 용기를 갖고,
매번 인사말은 다르지만, 마지막 줄에는 늘 "사랑해."가 적힌 달도 별도 따주겠단 판타지 소설 속에서만 가능한 각오들로 구성된 구애의 편지를 써.

무의식중에 자꾸만 너를 내 것이라고 적어버리는 실수를 해.
실수가 계속되면 고의인 거지?
그럼 나는 계속 고의적으로 편지 속에 너를 내 것이라고 칭해 적어.

물론 이 편지 또한
수많은 지난날의 편지들처럼
너에게 전하지도 못한 채로 책상 한구석에 방치되겠지만,

이 시간만큼은 누구의 눈치를 보지 않고 맘껏 너를 누릴
수 있는 시간이야.

2017년 2월 1일

심장에 머물러 있던 사랑이

제멋대로 목구멍을 타고 올라와서는 입안에 계속 맴돌곤 해.

억지로 삼키면 다시 또 역류하기에,

행여 숨소리에라도 섞여 나올까 봐 어금니를 더 세게 깨물어.

그 탓에 닳아버린 잇몸과 인내심은 나를 치통에 시달려서

괴롭게 만들어.

더 이상 버텼다가는

치아가 모두 빠져버려서, 너의 이름마저 부르지 못하게 되

면 어쩌지란 걱정과

사실 오래전부터 내 상상 속에 너를 그려놓고는 몇 번이나

음미하고 탐해왔단 사실을

들키지 않도록 꼭 숨긴 채,

너에게 순수와 수수만이 담긴 성급한 고백을 해.

2017년 2월 3일

그동안의 인내와 자신감이 무색해지게,
아주 낡아서 곧 무너져도 이상하지 않을 낡은 방 한 칸에서
우린 가난하고도 뜨거운 사랑을 나눠.

웃풍에 의해 얼어서 굳어버린 심장이
서로에 의해 다시 뛸 수 있도록 더욱더 밀착하며,
입술과 코가 짓눌려 맞닿은 속눈썹으로 키스하고
서로의 동공을 마주 보며 욕망을 품어.

가진 게 없기에 거짓 없이 날것의 사랑을 하는 우리를
너는 가엾다고 생각할까.
아니면 그럼에도 사랑이라고 생각할까.

나는 그러기에 사랑이라고 생각해.

2017년 2월 15일

곤히 잠든 너의 모습을 바라보다가
문득 너의 날숨을 훔치고 싶어지고,
들숨에 빨려 들어가서 너의 몸속 아주 깊은 곳에 내가 새
겨지고 싶어져.

너는 기억도 못 할 이 순간을 기회 삼아서
너의 새끼손가락을 구부려 열세 가지 약속을 해.

예를 들면,
나보다 너가 나를 사랑했으면 하는 욕심과
너의 미래 계획들 속에는 내가 포함되길 원함으로 이루어진
그런 이기적인 약속을 말이야.

오늘도 사랑을 한 건 나고,
당한 건 너야.

2017년 2월 19일

겨울, 가난을 더욱 잘 실감하게 되는 계절.

보일러 대신 나의 온기로 너를 데우지만
그건 턱없이 부족한 열기라는 걸 너의 기침으로 깨닫게 돼.

잠들기 전, 너에게 덮어준 이불은
잠에서 깬 나를 덮고 있어.

새벽 내리 우린 참으로 초라한 사랑의 릴레이를 했구나.
내가 가진 빈곤인데 희생은 너가 하구나.

2017년 2월 21일

너나 나나 다른 이를 품어본 적도,

또 그의 품에 안겨본 적도 무수히 많잖아.

첫사랑도 이미 진작에 있었겠지….

우리 나이가 몇인데….

어쩌면 지금의 우리보다 더 행복했을 수도 있겠다….

그치?

공감보다는 떠보는 쪽에 속하는 질문이야.

너는 내게 하얀 거짓말이라도 해.

나는 그냥 속아 넘어갈게.

죄책감 같은 쓸모없는 감정 따윈 안 가져도 돼.

내숭과 함께 너의 옛 추억들을 버리면 돼.

2017년 2월 23일

너가 내 팔짱을 끼면, 나는 우리의 팔에 매듭이 지어져 풀리지 않길 원해.

피가 안 통해서 몹시 괴로워하는 와중에도 밀착하길 원해.

어차피 내 바람 따윈 이뤄진 적도 없으니, 나는 더욱 용감하게

우리가 영원히 우리로 쓰여지길 갈망해.

2017년 2월 29일

초라한 우리의 청춘에 비록을 덧붙일 만한 게 없더라도
잘 살 거란 다짐마저 힘이 들더라도
우리의 분위기를 깨는 건 늘 궁핍이더라도
서로가 서로를 희망으로 여기며 살자.

먹지 못하는 것과 못 먹어본 것들보단 먹어본 것에 입맛이
도는 것처럼
아직 겪지도 않은 다가올 나날들을 걱정하기보단 이미 겪
어본 지나온 나날들을 떠올리며 버텨보자.
살아보고 버텨보고.

2017년 3월 1일

"요리는 소질이 없어서

맛이 없을 수도 있어.

먹고 탈이 날 수도 있을 텐데….

부엌에 널브러진 식기구와 쏟아진 소금, 간장, 정성은 신경

안 써도 돼.

슴슴하구나.

기다려 봐, 정성 조금만 더 첨가할게.

아주 많으니까 부족하면 말해.

뜨거우니 천천히 먹어."

오늘, 내 사랑을 꺼내 너의 입맛에 맞춰 손질했어.

싸구려 사랑이라 너의 수준에 안 맞지 않을까 걱정했는데,

만족한다니 다행이야.

2017년 3월 2일

내가 너를 외칠 때, 너는 나를 외쳐.

내가 나의 꿈을 기원할 때, 너는 우리를 기원해.

내가 부정하면, 너는 긍정으로 맞받아쳐.

내가 의심하면, 너는 확신을 건네.

내가 빼앗겨 버린 것을, 너가 제공해.

우린 하나부터 열까지 맞는 게 없으니, 운명까진 아니야.

하지만,

너가 먹고 싶었던 게 나도 갑자기 먹고 싶어지고,

너가 가고 싶던 곳에 때마침 나도 가고 싶어졌어.

너가 심심한 날에는 왜인지 잠이 오질 않고,

너가 하늘을 보고 땅이라고 하면 어느새 나는 하늘을 걷고 있고,

너가 바다를 보고 산이라고 하면 나는 흙을 파서 물고기를 잡곤 해.

그러니 우리는, 나의 노력을 가장한 우연이야.

2017년 3월 9일

내 품에 안길 때마다 너는 항상 머리를 먼저 집어넣어, 대체 무엇이 그렇게 듣기 싫고, 무엇이 그렇게 보기 싫은 걸까? 무엇이 너를 그렇게 괴롭게 하고, 무엇에 쫓기고 있는 건지 궁금하지만, 감히 묻진 않아. 나의 몫은 그저 침묵으로 너를 감싸고, 내 품에 배인 봄 내음으로 너를 위로하는 것이니.

2017년 3월 16일

너와 길을 걷는 중,
내 손을 맞잡고 있는 너의 손을 재차 확인해.

이미 손의 촉감으로 너를 느끼고 있지만,
너무나도 어여쁜 너가 나의 손을 맞잡고 보폭을 맞추고 있
다는 게 실감이 나지 않거든.

그러다 문득 너의 손을 잡았을 다른 이들에게 질투가 생겨서,
괜히 죄 없는 너의 손을 더 꼭 잡아.
너는 그것도 모르고 웃어.
너가 나의 불타는 질투심을 그저 뜨거운 애정이라 착각해
도 괜찮아.
옷 가게 유리창에 비친 우린 너무나도 잘 어울려서, 화가
풀려버렸거든.

2017년 3월 20일

내가 없는 집에서 나를 기다리고,

오라면 오고, 가라면 가고,

내가 던진 관심 하나에 좋아하고,

몸도 마음도 다 주는 너를 소유했다는 만족감에 알코올 없
이도 취하고,

다투는 와중 소리 지르며 악을 쓰고,

분에 차 눈물과 콧물을 쏟아내며,

마치 물지는 못하고 짖기만 하는 이빨 빠진 개 같은 너의
모습을 안주 삼고,

나 때문에 미치겠다는 듯 우는 모습을 더 보고 싶어서,

괜히 맘에도 없는 말들을 모조리 내뱉는 나를 보며 더욱
화내고,

장난이라는 말에 웃는 나만의 작은 광대 같은 너를 보며
즐거워해.

너는 나만의 소소한 유흥거리야.

내게 감정들을 다 빼앗긴 줄도 모르고,

또다시 내 품 안에서 잠든 너의 뒤통수에 사랑을 읊으며

대가를 지불해.

2017년 4월 1일

단순한 감정으로 이루어진 사랑인데, 왜 나와 너는 이리도 복잡할까?

스쳐 지나가는 사람들 중 하나가 너라면, 너는 여기에 멈춰서 나와 낭만을 즐기자.
같이 차를 나눠 마시고, 탭댄스를 추고, 눈물을 즐기고, 웃음에 희망을 갖다가 절망에 빠져서 함께 말라가는 그런 낭만.

우리 조금만 단순하게 사랑하자.
함께 밤바다를 구경하러 가서는, 같이 지구 멸망을 기도하는 그런 사랑.

하나보단 둘이 나으니까.
뭐든.

2017년 4월 9일

거울을 보니
어디서 많이 본 게 비쳐져.

너 웃는 모습 있잖아.
입꼬리는 올라가고, 눈꼬리는 내려가서
더욱 짙어진 보조개와 입술이 살짝 벌어지는 그 웃음.

밉도 짧도 아닌, 그저 내 머릿속에 기억된
너의 가장 사랑스러운 순간을 내가 따라 하고 있던 거였어.

나는 너를 점점 닮아가고 있어.
너가 점점 나에게 스며들고 있어.

2017년 4월 16일

가시덩굴에 피어난 꽃 하나를 꺾어서는 너에게 건네.
일부러 손을 털진 않았어.

역시 너는 꽃을 보고 좋아하기보단,
더럽고 상처투성이인 내 손을 걱정하네.

나는 앞으로 더 위험에 처할 거고,
너의 애정이 담긴 걱정을 바랄 거야.
그게 동정이 된다 해도 바랄 거야.

내가 심은 결핍은 애정으로 자라날 테니.

2017년 4월 22일

초능력 따윈 가져본 적도 없지만,
가끔은 너가 아무 말 하지 않아도 너의 마음을 알 수 있게 돼.

사랑은 언어보다 깊은 것이라,
그리고 너는 그 무엇보다 맑고 투명하기에,
너의 마음을 내려다보면 훤히 보여.

너의 마음은 참 너처럼 예쁜 것들로 꾸며져 있구나.
대체 어디서 자꾸 예쁜 것들을 내게 건네주나 했더니,
여기서 꺼내온 것들이구나.

2017년 5월 2일

나의 집착과 사랑에 때가 타버린 너를 껴안으니 심장이 느
껴져.
나도 모르게 너의 심장 박동에 맞춰 호흡하게 돼.
이젠 일상이 되어버린 너와의 입맞춤에 또 설렘을 느껴.
붉어진 귀를 베개 속에 묻어서 숨겨.
나의 유일한 약점이 너라는 걸 들키지 않기 위해.

2017년 5월 6일

"그럼에도 불구하고: 비록 사실은 그러하지만, 그것과는
상관없이."
내가 좋아하는 말이야.
이 말에 너를 갖다 붙이면, 그게 내가 바라는 삶의 정의가 돼.

나는 어제도, 오늘도, 어쩌면 내일마저
돈과 시간, 그리고 사랑에 허덕일 거야.
그럼에도 불구하고 너가 곁에 있기에.

2017년 5월 8일

_____

좋아하는 게 참 많은 너 덕에
나는 싫어하는 게 많아졌어.

노란색과 나를 비교하고,
딸기에이드를 질투하고,
재즈를 기피해.

그 무엇과도 공동 순위가 되는 건 싫으니,
너의 1순위는 늘 나였으면 좋겠어.
우리 사이에 이 정도는 괜찮잖아.

2017년 5월 19일

부정교합으로 벌어진 너의 아랫니 틈 사이에 내가 들어가
서 살게.

나 말고 다른 누구에게 미소를 짓는지,

너도 매일 밤 나를 외치는지,

너가 좋아하는 단어는 무엇인지,

그 모든 게 다 궁금해.

어차피 비어 있는 공간인데 거기서 내가 잠복수사 좀 할게.

2017년 6월 3일

내 밑에 깔린 너는 온몸을 떨어대.

마치 내가 널 집어삼킨 것만 같아.

너가 복종하니, 나는 조종사가 되었어.

내 말 한마디에 너는 너의 모든 것들을 드러내.

수치심 따윈 없다는 듯 싼 티 나는 너가 미칠 듯 아름답고

나에게만 고정된 너의 눈동자가 소름 끼치게 야해.

나의 욕구를 다 풀기엔 너가 닳아버릴까 봐 걱정돼, 달아

날까 봐 걱정돼.

서툴디서툰 너의 손목에 가정이란 족쇄를 채워버리고 싶어.

우리가 섞인 또 다른 우리를 만들고 싶어.

지금은 아니라는 것 나도 잘 알아.

분위기만 맞추자는 거야.

오늘 우린 낡디낡은 방에서 나체의 상태로 너에게만 장난

인 약혼을 했어.

2017년 6월 9일

너에게 예쁜 반지를 끼워주진 못하겠지,
우아한 것 하나 못 사주겠지,
너와 나의 교통수단은 늘 사람이 북적이는 지하철이 되겠
지….

하지만
우연히라도 예쁜 글을 발견한다면,
온종일 되뇌다가 꼭 너에게 들려줄게.

아름다운 곳, 아름다운 것은 경험시켜 줄 순 없어도,
아름다운 글들은 모조리 너에게 선물할게.

2017년 6월 12일

"목소리가 듣기 좋다."는 너의 말에,
내게 장점이 생겼어.

"행복하다."는 너의 말에,
내게 재능이 생겼어.

너를 가짐으로써,
내게 강점이 생겼어.

스승의 은혜는 하늘보다 높고, 부모의 헌신은 끝이 없다는데,
스승도 부모도 아닌 너가 무한한 사랑으로 나를 다듬고 칠
하며 가꿔.

2017년 6월 19일

너의 고치지 못하는 유일한 몹쓸 버릇이 내가 되기를, 너가 독한 줄담배를 태우는 습관처럼 내가 너에게 해로운 존재가 되더라도 나를 찾고, 끊는다는 다짐이 무색하게 너의 손에는 또다시 내가 들려 있기를.

2017년 6월 23일

내 귀에 속삭이는 너의 원함이

괜히 나에 대한 원망이라 착각하게 돼.

이런 내가 싫어지고,

내 삶이 낯부끄러워지고,

내 지갑이 쪽팔려져서

너에게 온갖 지랄을 해.

내 체면을 지키기 위해서,

더욱 너를 깎아내려.

하지만 너는 예쁘게 조각돼,

나만 더 우스꽝스러워졌어.

그런 너라도 사랑하는 나를 보여주고 싶지만,

이런 나라도 사랑해 주는 너가 되었어.

2017년 6월 30일

창문 밖은 끊임없이 내리는 비로 시끄럽고, 방 안엔 너와
나뿐이야.
빗소리를 반주 삼아, 나에게 너만의 사연을 들려줘.
이미 다 알고 있는 내용이지만,
청취자는 나뿐이지만,
천둥소리에 너의 말이 잘 안 들리지만,
정말 듣기 좋은 오디오야.

2017년 7월 5일

자꾸만 불리한 게임을 하자고 하는 너의 어설픈 수법이 그저 웃기고, 결말은 너무 뻔해. 승자는 당연히 너가 되고 벌칙은 또 내가 당할 거란 걸 아마 옆집 커플도 이미 알고 있을 거야. 또 내게 원하는 게 있는 모양인데…. 너의 요구라면 기꺼이. 얼마든지. 너를 위해.

2017년 7월 9일

독한 술과 6밀리그램짜리 담배를 피우는 너는
아메리카노는 쓰다며 늘 딸기에이드를 시켜.
너가 외치는 내 이름엔 딸기 향이 뒤덮여,
내가 마시는 너의 숨에서마저 달콤함이 느껴져.

딸기에이드 한 잔으로 쓸쓸함을 잊고 달달함을 나눠 가지고.

2017년 7월 10일

새 신발을 꺼내 신은 날에만 예고 없이 비가 쏟아졌듯,
잠을 설치다 겨우 잠든 사이에 기다리던 첫눈이 내렸듯,
내가 고른 젓가락은 늘 짝이 달랐듯,
그런 사소한 불운이 익숙한 삶을 살던 내가
널 만났다고 변한 건 없어.

여전히 내 신발은 더러워졌고,
첫눈은 놓치기 마련이었고,
늘 불편한 젓가락질을 해댔어.

하지만 그렇기에,
너의 신발은 젖지 않았기에,
너와 쌓인 눈길을 걸을 수 있기에,
너의 앞접시에 반찬을 덜어줄 수 있기에,
변함 대신 지속을 바라.

2017년 7월 19일

요즘 따라 까끄름한 너를
아무 걱정하지 말라고 다독여 주고 싶지만,
나 또한 무수히 많은 걱정 속에 살고 있어서
너에게 그런 어려운 위로를 해줄 순 없어.

오늘 밤, 너가 곤히 잠든 사이,
나는 너의 걱정거리들을 훔칠게.

내가 산타가 될지, 그저 도둑놈이 될지는 모르겠지만,
내일 너의 아침은 평온했으면 좋겠어.

2017년 7월 27일

우리의 사랑이 지독하게 얽혀 숙성될 때,

사랑이 내뿜는 건 독이 되더라도,

너와 나마저 처리할 용기조차 안 나게,

그렇게,

어쩔 수 없는 사이로 발전이 되는,

그런 농익은 사랑

그걸,

바라는 대담한 사랑을 하는 나.

매일 밤, 나를 훔쳐본 달빛이 인정해 주는,

내

사랑.

내 사랑.

2017년 8월 11일

이제 나의 옷장에는 너의 지분이 가득해.

너의 취향인 책들이 나의 텅 빈 책장을 채우고,

냉장고 속 식재료들은 유통기간이 다 지나기도 전에 없어져.

화장실 하수구에 긴 머리카락들이 엉켜 있어.

나는 이 모든 것을 만끽해.

2017년 8월 13일

싸우는 도중, 아이처럼 꽝꽝 우는 너를 위해 내 품을 내어
주진 않아. 내가 내뱉는 차가운 말과는 정반대인 심장을
들키기엔 낯부끄럽거든. 이내 울음을 멈춘 너의 사과에, 나
의 자존심과 비례하던 불안감은 안도감으로 바뀌어서 그
만 다리에 힘이 풀려버릴 뻔했어. 아마 나는 평생 너를 가
장 무서워할 거고, 우리 사랑싸움의 승자는 매번 너일 거
야, 사랑싸움은 더 좋아하는 쪽이 지는 거니까.

2017년 8월 14일

집으로 돌아와서는 언제 싸웠냐는 듯,

미처 마르지 않은 울음이 담겨 있는 너의 눈에 입을 맞추고,

독설의 쏨이 남아 있는 혀를 섞어,

라디오는 일부러 연신 사과를 하는 노래로 틀어놨어.

이기적이고 자존심도 센 사람의 서툰 사과 방식.

2017년 8월 16일

수면제 따윈 먹은 적 없는데,
베개에서 은은하게 나는 너의 체취에 잠이 절로 들어.

잠에서 다 깨지 않은 채,
팔을 휘젓다 보면 너의 손끝이 스쳐.

악몽으로 내 등을 적셔버린 식은땀을,
너의 손으로 닦아줘.

나는 잠을 자는 와중에도 사랑을 느끼고
너는 또 밤잠을 설치고….

2017년 8월 25일

사랑을 재고 싶진 않지만,

뭔가 내가 널 더 사랑하는 것만 같아.

아닌가, 원래 그랬던 걸까?

그러면 너가 날 덜 사랑하는 것만 같아.

이미 커진 내 마음을 줄일 수는 없으니까,

척이라도 해야겠어.

나도 딱 너만큼만 사랑하는 척,

어쩌면 너가 날 더 사랑하는 척,

이건 그저 자기방어일 뿐이야.

이해해 줘.

이해가 안 된다면, 너도 나를 더 사랑하는 척해 줘.

2017년 9월 2일

"사랑해."

"나도."

"사랑해."

"내가 더."

"사랑해."

"…."

"사랑해."

"도대체 무얼 원해?"

그러게, 너가 날 사랑한다는데
나는 고픈 거지가 되어 더한 구걸을 해.

2017년 9월 5일

불만이 있을 때 테이블 위를 탁탁 치던 너의 긴 손톱이 이제는 반듯하게 잘려 있어,

그 잘려 나간 손톱이 더 이상 내게 불만이 없다는 거면 다행이지만,
만약 나를 포기했다는 뜻이라면 너무 슬플 것 같아.

애써 너의 손을 주물러 보아도 너는 창밖만 쳐다보고,
창밖에는 그 무엇도 없는데 나는 너의 앞에 있는데도
너는 시선조차 주지 않아,
그러고선 아무 말도 하지 않아.

그래, 어쩌면 차라리 아무 말도 하지 않는 게 나아.
불안감은 짙어지지만 고요하기에 다행이야.

2017년 9월 9일

가을이 이별의 계절이라서 그런가 싶기도 하지만,

오늘은 너무 따사로워서 초가을보다는 늦가을이 어울리는

날이야.

지겹던 장마를 끝으로 미세먼지 하나 없는 푸르고 맑은 하

늘 아래,

아직 나뭇잎 색이 바래지지 않은 그 모든 게 완벽한 날,

너는 마치 이 모든 걸 비웃듯 이별을 말했어.

감히 너가 내게 이별을 말했어.

울지도 웃지도 않은 너와 나.

이유도 알려주지 않았기에 난 변명조차 못 했어.

너의 일방적인 이별을 짊어지고 집으로 돌아와서는

신발도 벗지 않은 채 현관문에 누워 있었어.

짊어진 이별이 너무 무거워서 머리를 들고 있을 힘조차 없

었거든.

2017년 9월 11일

소화시키지도 못할 사랑을 삼킨 탓인지, 어떤 구멍에서든 무언가가 쏟아져 나올 것만 같아.

미간을 힘껏 찌푸려 봐도 더 이상 눈물 한 방울조차 나오지 않고,

먹은 게 없는데도 연신 헛구역질을 하며 갈비뼈가 으스러질 것만 같을 때쯤,

위장 깊은 곳에 억지로 머금고 있던 사랑이 게워졌어.

형체도 색도 없이, 그저 고약한 악취만이 가득해.

너에게 눈이 멀어서 사랑이 썩고 있다는 걸 전혀 몰랐나 봐.

2017년 9월 11일

너가 눈이 부시다며 커튼을 달자고 했을 때, 진작 달 걸 후회가 돼.

창문 밖은 아직 너무 밝고, 집 안으로 들어오는 빛살이 내 심기를 더욱 건드려.

햇빛이 잘 들어오는 방이라며 곰팡이 걱정은 하지도 말라던 중개사가 원망스럽고,

방음이 안 되는 탓에 들려오는 웃음소리로 일면식도 없는 사람들에게 원한을 품게 돼.

2017년 9월 13일

너와 이별하였지만, 나의 일상은 그대로야.

잠은 미친 듯이 오고, 배는 제 시각에 고파와.

나는 여전히 가난하고도 불쌍한 인간이야.

이별보다는 다음 날의 굶주림이 더 걱정인 바쁜 하루하루를 살아.

오늘의 슬픔을 내일의 나에게 떠넘기고, 다음 주의 나에게 미뤄.

허우룩함이란 이자도 아닌 것들이 덧붙여질 거란 걸 알지만, 계속해서 슬픔을 모으며,

그저 조금만 더 늦게 터지길….

그리고 우리의 이별을 음미할 수 있도록 곁들일 비스킷 하나만을 바라며 살아.

2017년 9월 22일

가진 게 없어서 주지 못한 거지, 아까워서 안 준 게 아니라는 걸, 나의 모든 걸 앗아간 게 너라면 그걸 용서할 수 있다는 걸, 너를 만나기 전에는 늘 저녁을 굶고서라도 데이트 비용을 마련했었다는 걸, 너의 희고 곱던 손가락에 끼워줄 수 있는 건 내 손뿐이라는 사실에 참 많이도 주저앉았다는 걸, 이제는 너가 알아줬으면 좋겠어. 잘난 것 없는 내가 유일하게 내세울 거라곤 고작 너를 사랑했다는 것뿐이니.

2017년 9월 28일

가을이 왔는지,

평소엔 아무 관심도 없던 나무 곁에 사람들이 옹기종기 모
여 있어.

단풍을 보러 왔나 봐.

그건 그저 나뭇잎일 뿐인데,

늘 그 자리를 지키며 매 계절 반기고 있는 건 나무인데,

정작 나무에게는 아무런 관심도 안 줘.

어차피 몇 달만 지나면 잎은 모두 다 빠질 텐데,

그 후엔 다음 해 꽃이 피기 전까지 다시는 찾아오지도 않
을 거면서,

본인들 감성과 기분만 충족시키고는 길바닥에 다시 내다
버릴 거면서.

사람들이 밟아서 낙엽이 으스러지는 소리가,

마치 내가 내뱉는 고통의 아우성 같아서 기분이 썩 좋지

않아.

홀로 보내게 될 가을을 맞이할 기분이 아니어서 나는 눈과

귀를 막고 아직 여름에 머물러 있는 곳을 찾아.

2017년 10월 4일

우리가 즐겨 듣던 노래의 가수가 죽었대. 많은 사람들의 애도가 시끄러워서 라디오를 꺼. 창밖으로 사람들의 말소리가 시끄러워서 창문을 닫아. 옆집 커플의 애정행각이 시끄러워서 귀를 틀어막았더니, 심장 뛰는 소리가 너무 적나라하게 들려와서 시끄러워. 이리도 시끄러운 세상이기에, 나의 비명 정도는 가볍게 묻혀버려. 정적의 위로를 받고 싶은 밤이야.

2017년 10월 8일

너에게 미안한 마음은 없어.

혹여 우리의 이별에 이유가 있더라도,

침묵을 한 건 너였으니, 나의 탓이라 생각하지 않아.

나는 너에게 거짓 없이, 내가 있는 그대로를 보여줬고,

너는 내가 이런 삶을 살고 이런 사람인 걸 알면서도 만난 거니

나는 어떠한 사기도 속임도 하지 않았어.

사랑의 계약 같은 건 없었던 게 문제인가.

그래서 너는 아무런 두려움 따위 없이 끝을 낸 건가.

분명 이별은 너가 저질렀는데, 어째서 대가는 내가 치르고 있는 것만 같지.

너무 억울한데, 이 억울함을 알아줄 이는 어디 있는지.

2017년 10월 10일

우리 만난 지 다섯 달이 조금 넘은 날,
함께 노란색의 옷을 맞춰 입고 갔던 해수욕장.
그 바다가 잔잔했는지, 파도를 내뿜었는지,
햇볕이 뜨거웠는지, 아니면 구름에 집어삼켜졌었는지,
목청이 터지라 외치던 아저씨가 팔던 게 돗자리였는지, 파
라솔이었는지,
가물가물해.

나의 손을 잡은 너의 손은 쉽게 녹아버린 아이스크림 때문
에 끈적했으니,
그날은 더웠을 테고,
너의 흰 바지는 모래에 더러워졌으니,
우리가 산 건 파라솔이었을 테야.

내 기억 속에 남아 있는 건 너의 모습뿐이니,
그걸 오리고 또 붙이며 우리의 추억을 완성시켜 떠올려.

2017년 10월13일

난 지금 값싼 와인을 소주잔에 부어 마시고 있어.

눈덩이에 힘이 잘 안 들어가고,

목구멍과 콧구멍 할 것 없이 알코올 향이 내뿜어지는 걸

보니, 주량을 넘긴 것 같아.

내 주사는 절규인 건지,

입을 열지도 않은 채 절실히 너를 외치고 있어.

와인을 사면서 외로움이 서비스로 딸려 왔는지,

당장 너를 품지 않으면 죽어버릴 것만 같아.

아, 걱정은 마.

언젠간 나를 잊고 다른 사랑을 할 너가 괘씸해서, 안 죽어.

나는 내가 죽은 뒤, 너 또한 죄책감과 후회에 숨이 막혀 죽

어버렸으면 좋겠거든.

근데 우리 그 정도 사이는 아니었으니까,

너한테 나는 그 정도까진 아니었을 테니까, 안 죽어.

무섭거나 두려운 건 아니야.

이유가 있어서 안 죽어.

그 이유가 너여서, 안 죽어.

내가 살아야 할 이유는 무수히도 많지만,

내가 죽으면 안 되는 이유는 너 하나뿐이라서, 안타까운
난 안 죽어.
나 아직도 사랑에 너무 심취해 있나 봐.
내일은 너가 돌아올 것이라는 허풍에 마지막 잔을 마셔.

2017년 10월 15일

전할 수조차 없는 안녕이 있고,
전할 순 있지만 닿지 못하는 안녕이 있다.

맞이하는 안녕이 있는 것처럼,
떠나가는 안녕도 있다.

나는 안녕할 너를 맞이하고 있으니,
나의 부름이 너에게 닿는 날, 너는 안부를 들고 나를 찾아와.

2017년 10월 17일

우리의 이별이

억측으로 인한,

풀릴 수 있을 정도의 단순한 서운함과 화로 인한,

순간적 선택으로 인한,

우발적 이별이길.

내가 가끔 기대와 희망을 품어도 될 정도의 이별이길.

각 종교의 신들에게 빌고 원해.

이루어짐의 대가는 그저 앞으로 성실하게 살겠다는 것뿐.

하나님, 예수님, 부처님….

버텨냄을 생존성이라 여기고, 굶주린 뱃속에서 겨우 건져낸

것을 사랑이라고 믿는 여리고도 어리석은 자가 여기 존재

합니다. 다행인지 불행인지는 알 수 없으나, 숨은 멎지 않은

채로 아량을 베풀어 주시길 바라고 있습니다. 절실히도….

비나이다 비나이다 아멘 나무관세음보살….

2017년 10월 20일

감독의 컷 외침이 들리지 않는 어색한 침묵 속에서 배우들은 애써 애드리브를 치고,

컴퓨터 화면 속 커서만을 바라보던 작가는 이내 떠오르는 영감들로 집필할 테고,

담배 빈 각을 챙겨버린 애호가는 근처 마트에서 새 담배를 사서 태우겠지.

나는 우리의 이별을
어떻게 센스 있게 받아쳐야 할지도,
무슨 단어로 형용시켜야 할지도,
다른 대처 방안이 무엇인지도 모르겠어.

부디 방안은 있지만 아직 내가 모르는 것이라 착각하며 버텨.

2017년 10월 22일

재발된 위 염증이 나를 며칠을 괴롭게 만들어.

생각해 보니 작년에도 시달렸던 것 같은데,

그동안은 왜 무통이었던 건지.

내가 위 안 깊숙이 숨겨놓았던 우리의 사랑 덕이었던 걸까?

사랑은 만병통치약인 건지,

구매처는 너인 거라면,

너가 필요한 이유가 또 생겼구나.

나는 또 며칠을 더 앓아야 하는 걸까?

아려오는 명치를 부여잡고. 너를 앓고.

2017년 10월 29일

너가 돌아오겠지,

오늘은 너가 돌아오겠지,

내일이라도 너가 돌아오겠지,

한 주가 지나기 전에는 너가 돌아오겠지, 하며

나 자신에게 희망 고문을 해.

아직 사지는 멀쩡해.

이 정도 고문마저 없으면 나에겐 어떠한 희망도 없기에

너가 내린 형벌에 나는 스스로를 고문시켜.

아직은 버티고 있어.

이후엔 나도 장담 못 해.

2017년 11월 4일

이 세상은 미쳤어.

윗집 아저씨는 스트레스를 쌓는 대가로 돈을 벌고, 그 돈으로 스트레스를 풀어.

아랫집 정 씨는 온갖 수입 의류들을 입고선 애국가를 불러대.

지하철 속 청년들은 자신의 축복을 타인의 불행에 비교하며 성취감을 느껴.

건너편 슈퍼 가게 아들은 가족한테도 안 해봤을 말들을
피 한 방울 안 섞인 남에게 내뱉어.

우리 자주 가던 그 카페 알바생은 그새 남자 친구가 바뀌었더라.

불과 일주일 전까지만 해도 헤어져서 울고불고 난리였으면서.

이 세상은 미친 인간들이 너무 많아.

살아남기 위해서는 더욱더 미쳐져야 하나 봐.

그게 사람한테서든, 사물한테서든….

인간의 생존 본능, 이런 건가?

2017년 11월 5일

나는 그들에게 구걸한 적도 없는데,
자꾸만 관심을 줘.

"조언 따윈 필요도 없어요.
아니, 걱정도 필요 없다니깐요.
당신들이 내게 건네는 건 비난과 웃음거리뿐이잖아요."

나의 역정에 그들은 더더욱 나를 가여워해.

어디 소문이라도 났는지 하나둘씩 줄을 서서는,
내게 본인의 잘난 것들을 보여주며 희롱하다가,
도움을 줬다는 착각을 하고서는 돌아서.

그 덕에 나는 더더욱 가엾은 사람이 되고,
그들은 더더욱 위대한 사람이 돼.
이제 누구의 덕인 게 되는 거지?

2017년 11월 6일

시린 찬 바람이 눈을 스치니
건조한 안구에 눈물이 고이고,
동공 위에 쌓인 먼지들이 저절로 씻겨서는
세상이 더욱 뚜렷하게 보여.
수많은 사람들이 미소를 띠며 길을 오가는데,
내가 찾는 미소만은 보이지 않아.
나는 다시 온갖 먼지들로 동공을 가려.

이로써 내가 널 못 찾고 있는 거야.

집 나간 며느리도 고작 생선 따위에 돌아오고,
네발 달린 짐승들도 곧잘 찾아오는데,
너가 돌아오지 않을 일 없잖아.

분명 내가 아직 너를 찾지 못한 걸 거야.

2017년 11월 14일

너를 사랑하지 말아야 한다면

나는 살아남기 위해 무엇을 또 사랑해야 하는 걸까.

너가 나를 사랑하지 않는다면 살아갈 수 없는 걸까.

내가 너를 돈을 주고서라도 살 수는 없는 걸까.

너가 물건이 되든, 창녀가 되든….

왠지, 너의 값어치는 내 주머니 속 지폐와 맞아떨어질 것

만 같은데….

2017년 11월 20일

어느샌가 우리가 사귄 날은
내 휴대전화 잠금 번호가 되었고,
집 도어록 번호가 되었고,
내가 일 년 중 가장 애정하는 날짜가 되어버렸어.

내년 그날은 추울지, 눈이 내릴지, 무슨 일이 일어날지 예
상할 수 없지만,
내가 확신할 수 있는 건
나는 또 너를 떠올리겠지,
그 내년에도 너를 떠올리겠지,
너를 잊고 난 후에도 떠올리겠지,
일주일 전부터 계속 떠올리고 있겠지.
그날 나는 무얼 해야 하지?

이젠 기념일이 아닌 날이 되어버린 그날을
기념하며 축복해야 할지,
애써 기피해야 할지,
계속 애정해도 되는 건지,

잊진 못할 것 같은데, 그래도 되는 건지.

2017년 11월 23일

누구에게나 좋아하는 향이 있듯,

나에게도 그런 향이 있어.

근데 이제는 그 향을 맡을 수가 없어.

너가 쓰던 베개에서도 더 이상 그 향이 나지 않거든.

그 향은 달달했었나, 아니면 독했었나.

해석하기엔 이젠 코끝도 기억을 못 해.

아마 똑같은 향을 낯선 이에게서 맡게 되더라도,

너에게서 나기에 내가 좋아하는 향이었으니 나는 알아차

리지 못할 거야.

그 향의 이름은 너고 부제는 그리움.

2017년 11월 26일

조울증에 걸린 사람인 양,

서럽다가도 너 생각에 진정이 되고,

행복하다가도 너가 보고 싶어서 서러워져.

너가 내 하루 기분을 모조리 망친 적도 많아.

깽값은 쥐야지.

2017년 11월 28일

너가 계속 떠올라.

몸에는 열이 나고, 머리는 깨질 듯 아픈 와중에도 너가 떠올라.

알약들을 입안에 집어넣는 와중에도 너가 떠올라.

목이 메어와서 삼키지 못하고 다시 뱉어내는 와중에도 너가 떠올라.

잠에 드는 순간까지 너가 떠올라.

하루 종일 떠올렸는데도 성에 차지 않아서

너가 꿈에 나오면 좋겠다는 생각을 해.

2017년 11월 29일

어느 날 문득 너에게 불행이 찾아온다면,

출발지는 나야.

너의 일상을 방해할 작은 불행들을 고이 접어서 너에게 날렸거든.

2017년 12월 1일

너는 어디에 살고 있어?

무얼 하며 살아?

살아는 있는 거지?

어떻게 소식 하나 없어?

이미 다른 사람이 생긴 거라면 그냥 죽어버려.

이승이든 저승이든 천국이든 지옥이든 상관없으니

우리 다시 만나자.

이미 이승도 저승도 아닌 곳에서 천국과 지옥을 예행연습

해봤잖아.

2017년 12월 2일

원치 않은 이별을 한 적이 이번이 처음은 아니야.

어쩌면 이별은 익숙해.
하지만 그리움은 처음이라 어설퍼.

너에 대한 미련을 어떻게 감당해야 할지 도무지 모르겠어.
아니, 대체 왜 내가 이딴 걸 감당해야 하는지도 모르겠어.

2017년 12월 4일

날이 추워지고 있어.

이젠 너에게 딱히 할 말은 없어.

그냥 습관처럼 또 편지를 써.

지금 내가 써 내려가는 글 또한

그저 후회와 한탄뿐이겠지.

근데 그 두 단어만 적기엔 간절함이 너무 커서 또 이렇게

줄줄이 써 내려가나 봐.

이 편지 속 후회와 한탄 속에는 간절함이 절실하게 깃들여

져 있어.

시간이 지날수록 간절함은 줄어들고 약간의 지겨움이 남

겠지.

썩은 귤들은 골라내고 과즙이 가득한 귤들만 담듯,

나도 내 감정 속 증오는 골라내고 사랑만을 글에 담아.

가끔씩은 미처 골라내지 못한 곰팡이 핀 미움이 딸려 적힐

수도 있어.

하지만 그건 나도 모르게 딸려 적힌 것이니까 너가 골라내

면 돼.

2017년 12월 10일

사랑 타령, 너 타령.

이젠 음까지 붙여졌어.

지긋지긋해.

진절머리가 날 것만 같아.

목이 메게 너를 불러대도

돌아오는 건 메아리뿐이야.

우리의 사랑과 추억이 가득한 집,

여기서 계속 너를 기다리는데,

찾아오는 건 나뿐이야.

그 누구도 문을 두드리지 않아.

내가 잠든 사이 다녀갔나 착각을 해보려고 해도,

나의 잠귀는 밝다는 사실이 방해해.

2017년 12월 12일

하필 너를 만나서,

하필 그날 너의 부름에 한 치의 고민도 없이 달려 나가서,

하필 너와 내가 겹쳐 보여서,

아이는 가져본 적도 없고 부모가 뭔지도 모르는 내가,

하필 너의 얇은 팔다리에 부성애가 생겨서,

그 눈물에 속아서,

그 웃음에 빠져서,

내 마음을 건네서,

그러면 안 됐는데,

그때 그래야 했는데,

그렇게 할걸.

미련과 후회는 자책만을 만들어.

2017년 12월 16일

나는 너를 처음 만난 날부터 아직까지도 사랑이라고 생각하는데, 너는 어디서부터 사랑이 아니었던 건지. 나는 언제부터 착각했던 건지. 배워본 적도 없는 사랑을 너에게 가르친 게 문제였던 건지. 아무리 생각해 봐도 너도 날 사랑한 것만 같은데, 너는 사랑까지는 아니었던 건지. 그렇다면 나는 누구와 사랑을 한 건지. 아니, 내가 한 게 사랑은 맞는 건지. 입을 맞추고 발을 맞대고 손을 맞잡았는데, 그래도 사랑이 아니었던 건지. 사랑, 너무 어려운데 남들은 어떻게 하는 건지.

2017년 12월 20일

저번에 캔 음료를 따다가 부러진 엄지손톱에 볼이 긁혀버
렸어.
손톱을 다듬으며 나머지 손가락 손톱들도 모조리 다 깎았어.
손톱은 다 잘렸지만, 볼에 생긴 상처는 그대로야.
이제 상처는 흉터가 됐어.

부러져서 날카로워진 손톱을 대수롭지 않게 생각했어.
딱히 거슬리지 않던 손톱 하나가 상처를 남기게 할지 몰랐어.
아무렇지 않게 방치한 게 흉터까지 될 줄은 몰랐어.

나의 행동이나 말이 너에게 상처가 되어 아직까지 너의 마
음속 응어리로 자리 잡았다면,
그건 고의도 실수도 아닌 어설픔이었다는 것을 알아줘.
이게 변명도 핑계도 아닌, 진심이란 것도.

2017년 12월 23일

우리의 추억.

김치찌개 속 건더기들은 모조리 내 밥그릇 위에 얹혀주고
국물로만 식사를 끝마치던 너.

그리고

펜과 종이가 있을 때면 항상 너와 내 이름을 적고서는 그
주위로 삐뚤삐뚤한 하트들을 그리던 너.

그리고 음….

텔레비전 속 여행 방송을 보며 부러운 눈빛을 하고서는 애
써 비난하던 너.

또 그리고…,

아니다, 그만 떠올려야겠어.

너무 구질구질하고 한심해서 죄책감 때문에라도 이별을
받아들일 것만 같거든.

2017년 12월 24일

아직 다 마르지 않은 옷을 입고,
밑창이 다 닳아버린 신발을 신고 나갈 준비를 해.

"다녀올게."

매트리스 위 뭉쳐진 이불 속에는 너가 곤히 자고 있을 것
만 같아.
또 새벽 내내 잠을 설치다가 이제서야 잠에 빠졌구나.
너무 깊은 잠을 자는 탓에 대답이 없는 거구나.

이 집에는 너가 없다는 걸 알아.
이건 의미 없는 행동이 아닌, 그저 아직 고치지 못한 습관
이야.
이젠 취미가 되어버린 습관이야.

2017년 12월 25일

까마귀의 쓰레기봉투를 헤집는 소리에 기상하고,

비몽사몽인 상태로 화장실을 가는 와중에,

바퀴벌레 한 마리가 내 발등 위로 올라와서는 화를 내.

내가 밟고 있는 약 봉투가 본인의 집이었대.

발을 떼니 약 봉투 안에 검은 무언가가 터져 있어.

바퀴벌레는 대성통곡을 하며 자기 여자 친구라네.

사과하기도 전에 바퀴벌레는 싱크대 밑에 놓인 벌레퇴치
약을 먹어대.

어떤 심정일지 알 것만 같아서 말릴 수가 없었어.

나는 그저 변기통에서 장례를 치르며,

부디 다음 생에도 바퀴벌레여도 둘은 다시 만나길 애도해.

부디. 그래, 부디.

2017년 12월 29일

몇 달을 그리워해도 체력이 닳지 않아.
오히려 체력이 늘어서 더욱 힘껏 그리워할 수 있게 됐어.

인간은 적응의 동물이라던데,
여전히 적응은 안 돼.
극복 또한 안 돼.

너와는 전혀 연관성 없는 것에도 그리움이 북받치고,
이젠 꿈속에서도 너를 기다리는데,
어떻게 한 번을 안 나오니.

2017년 12월 31일

너의 부재가 길어질수록 내 마음은 빈곤해져.

사랑으로 채워져 있던 곳들이 텅텅 비어 있어.

너가 아닌 다른 걸로 채우려고 해봐도, 턱없이 부족해.

딱 맞는 무언가가 없어.

억지로 구겨 넣어봐도 틈이 생겨.

허한 공간에서는 아무 소리도 들리지 않아.

그저 너가 다녀간 흔적으로 더럽혀져 있어.

2018년 1월 1일

눈이 내려.

너, 눈 참 좋아했잖아.

아닌가, 너가 좋아했던 건 비였던가.

너의 피부처럼 하얀 눈이 내려.

아닌가, 너의 피부는 거멨던가.

너의 눈동자는 무슨 색이었지.

분명 나를, 나만을 봤던 눈동자였는데.

너의 흉터는 어디에 있었지.

나에게만 말해준 너의 트라우마였는데.

너를 잃기 싫은데 잊고 있어.

내 기억 속에서마저 잊어버리면, 나는 이제 너를 어디서

봐야 하는 거지.

2018년 1월 6일

집 어디선가에서 나는 독한 썩은 내에 코가 괴사할 것만
같아.
곳곳에 방치되어 있는 너의 물건들에는 구더기들이 터를
잡고서는
나의 각질들로 배를 채우며 생계를 이어가고 있어.

내 입에서 뿜어져 나온 액체들이 바닥을 진득하게 만들어.
이불 속에 몸을 숨겼지만, 찬 바람에 몸이 굳어가.
밖과 안의 경계를 짓던 콘크리트가 허물어져 가.
분명 여기 어딘가에 안식처를 만든 것만 같은데 보이지 않아.
내가 숨을 수 있는 곳은 하나둘씩 사라져 가.

2018년 1월 13일

숨구멍 모두 잘 뚫려 있고
공기 또한 풍부한 곳에 있는데,
자꾸만 숨에 허덕여.
아무도 짓누르지 않는데,
질식을 해.

기관지와 폐가 망가진 듯해.
걱정이야, 어떡하지 하며
담배를 태워.

내가 나 스스로를 망치며
다른 것들에서 이유를 찾아.

아직 전생의 내가 저지른 죗값을 다 치르지 않았어.
무슨 죄를 저질렀는지는 몰라.
하지만 더 힘들어야 할 정도로 큰 죄를 지었나 봐.

아파지는 이유가 나 자신의 문제라는 걸 애써 외면하는 것이

내 생존 방식이야.

2018년 1월 20일

너가 이별을 전하던 날,
이유를 알려주지 않은 탓에 강제로 내게 쥐어진 수수께끼
문제를 드디어 풀었어.
문제의 정답은 너가 아닌 정신과 의사가 알고 있었고,
출제는 내가 한 것이었어.

그리도 물고 빨고 한 우리 몸에 자국 하나 남지 않던 이유를,
너가 떠나게 된 이유를,
처방받은 기억이 없는 약 봉투들이 방바닥을 나뒹굴던 이
유를,
이제서야 알게 됐어.

너가 그저 내 망상의 인물이어도,
나의 왜곡된 세상 속 우리의 사랑만은 진실이었기에,
점차 사라지는 기억들 속 너에 대한 나의 애정은 뚜렷하기에,
나는 환상과 잔상으로 너를 다시 만들어 낼 것이고,
또다시 너와의 사랑을 할 거야.

일주년이 지나기 전에 너에게 갈게.
너가 어디 있는지 알 것만 같거든.

2018년 1월 27일

From.

From.
_____

Ps 정신병동에서 편지지의 마지막 장을 채워.

To.

　인사말을 끌으로 느껴지는 두려움 때문에
　미처 너에게 전하지 못한 말들이
　어느새 탑처럼 쌓였어

　탑 꼭대기에서 너를 향해 손을 흔드는 나를
　너는 보았니?

　나의 손짓은 오라는 뜻이었는데
　너는 가라는 줄 알았나 봐

　살려달라는 나의 외침이
　너는 배웅인 줄 알았나 봐

　언젠가 너에게 내 마음을 전할 용기가 생길 때
　나도 너를 따라갈게

　　또 보자. 잘 가.

　　　　　　　　from 인

105

작가의 말

글에 주어를 적어버리면 범죄가 될 것만 같아서 주어는 적지
않았다. 나의 사랑 방식은 환상과 잔상, 그리고 망상으로 만들
어 낸 이를 회상하는 것.

To

초판 1쇄 발행   2025. 4. 15.

지은이 인
펴낸이 김병호
펴낸곳 주식회사 바른북스

편집진행 김재영
디자인 김민지

등록 2019년 4월 3일 제2019-000040호
주소 서울시 성동구 연무장5길 9-16, 301호 (성수동2가, 블루스톤타워)
대표전화 070-7857-9719 | **경영지원** 02-3409-9719 | **팩스** 070-7610-9820

•바른북스는 여러분의 다양한 아이디어와 원고 투고를 설레는 마음으로 기다리고 있습니다.

이메일 barunbooks21@naver.com | **원고투고** barunbooks21@naver.com
홈페이지 www.barunbooks.com | **공식 블로그** blog.naver.com/barunbooks7
공식 포스트 post.naver.com/barunbooks7 | **페이스북** facebook.com/barunbooks7

ⓒ 인, 2025
ISBN 979-11-7263-316-5 03810